现代设计元素

XIANDAI

SHEJI

YUANSU

装饰设计

XIANDAI SHEJI YUANSU ZHUANGSHI SHEJI

目录

前言

　　装饰作为人类最古老的艺术，历经漫长岁月，无处不在地影响着人们生活。从原始彩陶纹饰装饰到现代陶艺装饰；从狞厉之美的青铜器到线条简洁的现代城市雕塑；从令人慑服的金字塔到华丽纤巧的凡尔赛宫……都体现了人类对装饰设计美的追求，也体现了人类的聪明才智。装饰设计随着现代设计理念的不断变化而发展，因为装饰设计是设计元素的重要组成部分，所以人们对装饰设计就越来越重视了。小到点缀服装的小小配饰，大到在空中飞行的飞机、各大城市的摩天大楼……虽然装饰设计是依附于主体而存在，但装饰设计艺术却是一种赋予主体以美的艺术。装饰设计艺术不仅是一种艺术现象，也是一种文化现象。不同地方就有不同的装饰设计艺术；不同时代就有不同的装饰设计艺术；不同民族就有不同的装饰设计艺术。装饰设计深刻地、生动地反映出一个地方、一个时代、一个民族的文化内涵；而且地方、时代、民族的精神往往在装饰设计艺术中都会得到充分的体现。我们在对装饰设计艺术的历史总结、对国内外设计师的装饰作品的装饰运用和研究成果的基础上，作了更进一步的拓展和探索，从不同角度和视角分析了装饰设计的相关特征和风格，使装饰研究更加全面、更具有较强的艺术性和学术性。

　　本书采用的图稿有教学中学生的作品，也有教师的优秀作品和国内外设计师的优秀作品，风格富有多样化，具有学习和鉴赏的价值。

　　我们编写的这本书，可能仍有很多的不足和欠缺，希望各位读者给予批评和指教。在此特别感谢为此书编写给予过帮助的老师、同学以及各位朋友。

编者写于广西艺术学院设计学院

2005 年 11 月 18 日

第一章 装 饰 概 述

第一节　装饰的概念及中外装饰之渊源

装饰（Decorative Arts）作为一种艺术方式，它以平面化、秩序化、单纯化、规律化、理想化为基本要求，不以写实为追求，努力体现艺术家意念中的、自我满意的一种特殊的图像,在不断地改变和美化着事物以形成合乎人类需要的、和谐理想的形态。

装饰是一种来自本能的美感观念。

装饰是一种通过探寻同发现的最初的审美感受。

装饰是一种生根于狩猎生活的产物。

装饰是一种人类以审美和艺术的方式表现自然、时代风尚的一种手段。

装饰是一种依赖于一定物质材料的视觉艺术形式。

装饰又作为人类最古老的艺术，历经漫长岁月，在人们生活中发挥巨大的作用。装饰依附于主体而存在，装饰艺术是一种赋予主体以美的艺术，各种服装和饰物用以美化人们的身体，各种壁饰、柱饰、门饰、灯饰用以美化建筑物，从而美化人们的生活环境……

装饰艺术不仅是一种艺术现象，也是一种文化现象。不同地方、不同时代的装饰艺术，深刻、生动地反映出那个地方、那个时代的文化内涵，地方特色和时代精神也往往在装饰艺术中得到充分的体现。（如图1-1、图1-2）

图1-1

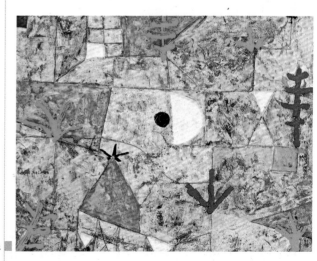

图1-2

一、中国装饰文明

中国是一个历史悠久，地大物博，具有优秀文化艺术遗产的国家。中国装饰融入了中华民族的深刻文化，也烙上了中国人民的生活足迹。

1）陶瓷装饰艺术

陶器的出现是新石器时代的主要特征之一，人类开始从野蛮状态逐渐进入文明时代，彩陶上的几何纹、动物纹等许多纹饰，已创造有单独和连续等多种构成形式，并能随器形的不同而出现种种变化，达到了器形与装饰的统一、实用与美观的结合。最具有代表性的是仰韶文化中西安半坡遗址出土的半坡彩陶中的人面鱼纹陶盆（如图1-3），是在一个鱼头形的轮廓里面包含一个人面纹，称之为"寓人于鱼"人面纹与鱼纹合一的完美装饰；马家窑文化中上孙家遗址出土的舞蹈陶盆（如图1-4），人物手拉手，面向一致，作水边舞蹈，如在盆中盛水，而恰好在平行带纹的位置，就可以在水中映衬出舞蹈人的倒影，这样的装饰设计可真是独特。从原始彩陶纹饰的艺术风格看，色泽单纯、线元素运用流畅，表现出一种特有的淳朴、浑厚和爽朗，给人一种单

图 1-3

图 1-4

图 1-5

图 1-6

纯、粗犷、质朴的装饰美感。《史记·秦始皇本纪》记载的阿房宫，秦陵的兵马俑（如图1-5）是世界上罕见的规模庞大的现实主义的工艺杰作，陶俑陶马体形高大，如同真人、真马大小；秦砖质地坚硬，有"铅砖"之称，其中以龙、凤纹空心砖为秦砖中的珍品。汉代瓦当装饰图案出现了青龙、白虎、朱雀、玄武合成抽象的装饰图案（如图1-6）。唐朝陶瓷开始面向自然，面向生活，富有浓厚的生活情趣，出现了采用黄、绿、褐等色釉的低温铅釉唐三彩，其中马（如图1-7）的造型最为出色，加上色彩斑斓的色釉装饰使之成为中国古代陶瓷工艺的精品。宋代瓷器是以单色釉为主的鼎盛阶

图 1-7

段，追求色洁如青玉般的瓷器装饰艺术效果，出现了五大名窑：定窑、汝窑、官窑、哥窑、钧窑等官窑。特别是龙泉窑的青瓷（如图1-8），釉色以青中闪灰或闪黄为特色，装饰则以堆花雕刻为主，还有景德镇出现突出成就的"影青"瓷器（如图1-9），装饰的花纹以牡丹、莲荷、芙蓉、卷草等为主，以及磁州窑"铁绣花"（如图1-10），在瓷器上以民间特色为主要装饰元素。青花和釉里红，特别是釉里红（如图1-11）是元代的发明，使中国瓷器进入了彩瓷装饰阶段。明代创烧了斗彩（如图1-12）、五彩（如图1-13）。清代有粉彩（如图1-14）、珐琅彩（如图1-15）、青花（如图1-16）等，品种繁多，既仿古瓷，又仿洋瓷器，无所不仿而又无所不精。中国是瓷器古国，特别是景德镇瓷都，更是体现了中国瓷器辉煌的发展史。

图1-8

图1-9

图1-10

图1-11

图1-12

图1-13

图 1-14　　　　　　　　　　　图 1-15　　　　　　　　　　　图 1-16

2）玉器、青铜器装饰艺术

在新石器时代，玉器品种已较多，已有璧、璜、管、珠、坠以及玉铲等，除玉铲外，大都是装饰品（如图1-17），山东日照两城镇和龙山文化遗址中，发现有一个玉锛，顶端刻着极为精细的花纹，甚为精巧优美。商周时期青铜器装饰结束了没有文字记载的史前时期，产生了光彩夺目的青铜文化。青铜器是奴隶社会最有代表性的艺术品，分为礼器、乐器、兵器、工具及车马等类型，装饰纹样内容多样，手法独特，结构严谨，显示出威严、端庄、肃穆、凝重的特色，具有独特而新奇的狞厉之美。如：司母戊方鼎、四羊尊、象尊、鸟尊等。在装饰元素上出现以饕餮纹、夔纹和云雷纹等现实的及想像的图案为代表的装饰图案。在春秋战国时青铜器已是向生活日用品发展，以实用为主，创造了许多新的工艺方法又增加了新的装饰元素，如焊接法、镂空法、刻划法、镶嵌法、金银错、鎏金法、模印法等。使装饰更加华丽，金银闪烁、珠光宝气。代表性的有造型精美的"莲鹤方壶"和加饰精美的金银错，表现社会生活题材的"宴乐壶"和"越王勾践剑"等。秦汉青铜器、铜灯和铜镜式样丰富，如三星堆的面具（如图1-18），著名的"长信宫灯"。金属工艺中铜镜兴盛，制作精益求精，铜锡铅的比例为70:25:5.1，锡量的增加使唐镜花纹清晰，表面匀净，色白如银。装饰元素手段运用之丰富，纹样装饰之华丽，非历代能比。辽金元是少数民族建立政权，因蒙古族具有尚金的习俗，十分重视、喜好金银器，涌现了善于制作精妙银器的名匠，苏州成了金银器的制作中心，也出现了以加金艺术为主体表现的"纳石失"。明代制作出艳丽繁缛的景泰蓝。

图 1-17

图 1-18

9

3）壁画、建筑、室内装饰艺术

魏晋南北朝绘画艺术形成了独立的画科，受外来佛教传入影响，佛教盛况就如杜牧《江南春》绝句说的那样"南朝四百八十寺，多少楼台烟雨中"，莲花、忍冬、飞天、缠枝花等成为了基本纹饰元素。石窟开凿以佛教中佛本生故事为主，如"九色鹿"、"尸毗王本生"、"五百强盗剜目故事"等。以敦煌莫高窟（如图1-19）、大同云冈、洛阳龙门（如图1-20、图1-21）、天水麦积山等最为著名。在装饰上出现打破时空界限的"异时同构"和横卷式连续画的构图；也出现与建筑有密切关系的，因是四方斗栱层层叠架起来的"架木为井"式屋顶结构，而形成了典型的藻井图案。唐代建筑发展完备、气魄宏伟、规划严整、华丽精致，塔和寺最能体现其艺术特点，著名的有大雁塔、小雁塔、修定地塔等；室内壁画及彩画是唐人建筑的另一显著特点，最能代表唐代壁画艺术的是敦煌莫高窟唐代洞窟壁画，出现各种幻想出来的西方极乐世界的一派歌舞升平景象，人物体态丰腴，面容祥和，构图饱满，色彩已使用晕色，丰富艳丽。艺术题材与风格的转变实质是繁荣昌盛的大唐盛世的间接反映，藻井图案的边饰元素变得极为复杂。艺术风格上具有近代装饰风貌的元素。明清家具是经过各代家具的发展、演变而取得如此高的艺术成就，具有"简、厚、精、雅"的特色。设计原理和装饰元素上注意意匠美、材料美、结构美、工艺美。

图 1-20

 图 1-19

图 1-21

4）漆器装饰艺术

春秋战国时漆器装饰纹样丰富多彩，格式繁多。特别是漆器以蟠兽纹为母体的变形云纹，为汉代的灵兽云气纹的流行奠定了基础，如秦汉湖南长沙马王堆中的漆器。以后的漆器品就慢慢减少了，被其他器品所替代。

5）染织绣装饰艺术

春秋战国时织绣纹样已突破了几何纹的单一局面，题材扩大，表现形式多样，形象趋于灵活、生动、写实和大型化，呈现出龙飞凤舞的异常活跃景象；在配色上以红色、黄色、棕色、黑色等暖色系为主。秦汉出现了中国最早的蜡染和凸版印花法，大大丰富了织绣的装饰元素，如湖南长沙马王堆中的帛画。隋唐染织工艺的进步大大丰富了装饰元素的表现力，出现纬锦和染缬工艺，以及多种刺绣针法应用等，还出现了著名的陵阳公样、唐草纹、宝相花等装饰纹样。宋代织锦的出现使中国丝织品的"三原组织"，即平纹、斜纹、缎纹趋于完

图 1-22

图 1-23

备；纱罗织物极为精美、轻柔、空薄；缂丝中的"通经断纬"如有雕镂之象。

二、东方的装饰艺术

日本在装饰上形成了包容性很强的艺术形态，受中国的影响，从中国艺术中发现了适合他们精神气度的造型元素——线，还从西方获得科学的色彩启示，将它融合于本民族特有的文化精神，创造出具有自己本民族特色的装饰艺术。从文字上的形式造型就可看出其受中国的影响，而又自成一体的民族特色。特别是日本的浮世绘画（如图1-22）更是具有民族特色，对西方的现代绘画产生了深远的影响。日本制作技巧独到而精致，程序科学而富有创意，充分反映了日本人包容的艺术精神和严谨的人格魅力。印度是世界四大文明古国之一，孕育了印度古代灿烂文化艺术，又受西方艺术的影响而使其装饰带有东西方艺术的痕迹。佛教对印度的影响非常大，印度人结合了阿拉伯艺术的严谨与波斯艺术的隽丽雅致，图案上大量的金色丝线与大红大绿的背景协调地组合在了一起，形成完美的平衡。雕刻则以宗教佛的化身为主（如图1-23），受希腊艺术影响，人物造型写实，人体比例准确而有变化，动态夸张，充满生命力和运动感。泰姬·玛哈尔陵建筑的内部装饰金碧辉煌、光彩夺目。其佛教艺术对中国艺术曾产生深远的影响，如敦煌石窟等。

三、西方的装饰艺术

西方装饰艺术主要表现在建筑上，以及为建筑作为装饰的城市雕塑、雕像和室内壁画、油画最为著名。

欧洲的装饰艺术在古希腊和古罗马时代就已登峰造极。那个时期的艺术家们将建筑、家具和家居装饰当作另一种艺术创作。他们将古希腊的传说故事雕刻在建筑物上，在家具的边角或立柱上雕刻出不可思议的线条和花纹，有莨苕、月桂树、贝壳、狮子动物等作为装饰元素。古希腊的建筑内容主要是神庙，纪念性建筑和建筑群，建筑的装饰内容和表现形式都有超时代感，其风格特点和装饰类型是：格调清新、雕刻图案精细完美、比例适度，如雅典中神庙建筑中的雕柱（如图1-24），精美动人，建筑群上女人像柱廊和花纹雕饰高雅逼真，达到了空前完美的程度，可谓炉火纯青，登峰造极了。古罗马继承了古希腊的建筑成就。建筑同雕塑、壁画、环境和整个城市景观融为一体，表现了强有力的社会特征。罗马建筑装饰的突出特点除了发扬光大古希腊建筑装饰优点外，还出现了半圆形拱券式的造型结构装饰。

如古罗马图拉真记功柱（如图1-25）的装饰展示了一种超凡的华贵和精美。拜占庭的建筑繁荣时期是皇帝君士坦丁建设的君士坦丁堡（即拜占庭）和圣马可教堂（如图1-26）。此时的建筑装饰新颖别致，有彩色大理石贴面，还有以马赛克为材料的彩色玻璃镶嵌。在西欧中世纪时代，建筑与装饰元素的结合到了最为发达的阶段。在哥特式的教堂上下到处可以看到布满雕刻的装饰图案。其建筑装饰特点是：无论建筑的柱头、檐口、门

图 1-26

楣或柱廊上均留下了艺术家们精心雕琢的痕迹。哥特式教堂（如图1-27、图1-28）的窗子很大，这给彩色玻璃窗的装饰提供了条件，使具有强烈色彩效果的彩绘玻璃装饰（如图1-29）得以广泛应用。建筑代表作有巴

图 1-24

图 1-25

图 1-27

图 1-28

黎圣母院和威斯敏斯特教堂。到了文艺复兴时期，在建筑、园林、广场的建筑装饰中面貌为之一新。这一时期建筑装饰的最大特点是，雕塑与壁画相映生辉，雕塑和壁画的场面之大、水平之高是任何时代都不可比拟的。人们熟知的圣彼得大教堂是当时最有代表性的建筑，它的装饰规模及豪华程度，也是教堂中绝无仅有的。墙壁、天花板的彩绘和雕刻富丽奔放，给人以一种金碧辉煌之感。此时涌现了许多才华横溢的建筑大师和绘画装饰大师。其中最典型的有米开朗琪罗、达·芬奇和拉斐尔。米开朗琪罗的卡比多广场的元老院（如图1-30）的正面八字形的台阶与中央高耸的塔楼相配合突出了中心轴线。他们共同促成了建筑、装饰、绘画的大融合，开创了一个辉煌的装饰时代。巴洛克时期的主要建筑形式与哥特式大体相同。教堂建筑、城市广场、街道和园林等趋于社会意识的影响。建筑装饰特点（如图1-29）表现为：豪华艳丽，浪漫丰润，宫廷华厦的装饰均以空间广大、华丽堂皇为风尚，体现了恣情欢乐的气氛。罗可可风格起源于对纤巧柔和的装饰形式的热爱。在建筑装饰上主要表现在室内装饰方面，装饰图案达到了鼎盛阶段，尤其是自然题材的装饰性图案发展得最为完善，繁缛精细，华丽纤巧，成为审美装饰中心图案时代的代表，如凡尔赛宫（如图1-31）。

图1-29

图1-31

图1-30

图 I-32

图 I-33

四、非洲的装饰艺术

　　埃及金字塔是世界上外形最简单的建筑，但给人以最深刻的印象。它那单纯而简洁的几何形体所造成的极大深远的意境和神秘感都给不同时代的人以强烈的吸引力，激发人无穷的想像。金字塔矗立在一片茫茫的荒漠之中，那种孤立中的美是令人慑服的威力，这就是艺术形式的巨大的艺术魅力。构成金字塔三角体的三条直线与广阔的地平线，形成了抽象形式的高度统一、完整、和谐，最稳定的形式与永恒的内容达到了完美的结合。由于古埃及艺术家运用了极为精确的数学和几何学知识来表现人体以及其他物象结构，因此，那时形成的装饰元素语言，不亚于历代任何成熟时期艺术的理性因素与审美价值。特别是图坦卡蒙的金面具（如图1-32），它借朴素的几何图形和简单的金属色系达到高度的装饰效果。荷花、棕枝、人物、动物和纸莎草（如图1-33）是埃及装饰艺术中最基本的母题元素。其装饰目的既没有破坏人们头脑中关于艺术再现的概念，又足够逼真，从而充分地传达出它们想要表达的诗意般画面，而被几何分割的构图形式，具有很强的装饰性。在非洲最能代表装饰艺术特色的是木雕，装饰上表现出一种超人类的抽象化装饰（如图1-34），还有一种是表现生殖题材。

图 I-34

五、现代装饰艺术

随着现代工业的发展，由于工业文明重新改写了世界的文化格局，装饰艺术重新获得了新生。16 世纪英国工业革命以后，思想文化得到极大的解放，工业的制造业在不断发展，装饰与工业的发展就紧密结合起来了。轮船、火车、汽车等的出现，给装饰带来更有挑战性的装饰元素，既要有装饰美，又要具有实用性，更要适合大批量的生产。19 世纪以来从"艺术和手工运动"、"新文化运动"到"装饰艺术运动"及其衍生流派的风格，这许多彼此不同、互相分离的装饰艺术潮流同时并存，具有错综复杂的关系。无论是野兽主义、立体主义、未来主义，还是超现实主义的绘画和雕塑，都引发出更加丰富、更加复杂的装饰元素。从事装饰艺术的设计家从野兽主义和立体主义的绘画中得到了启发。现代绘画追求平面的、装饰性强的形式和明快的色彩。如达利的作品就具有强烈的装饰性。20 世纪后，出现了"新艺术运动"、"风格主义"、"阿姆斯特丹派"、"包豪斯"、"理性主义运动"、"光辐射主义"、"至上主义"和"构成主义"、"后现代主义"等。"风格派"主张采用纯粹几何形的抽象装饰来表现纯粹的精神活动，试图用几何形的、规则的抽象线条和色彩的装饰元素来构建画面，并运用到创作实践当中。其装饰元素采用了包括运用笔直的水平线和垂线，强调直角的运用（如图 1-35），在色彩运用方面限制在红、蓝、黄三原色，加入黑、白、灰色。这种装饰影响了家庭室内装修的形式和色彩、铺砖地板的几何图案，还有彩色玻璃窗的组合、商店标牌的字形以及日常生活与装饰设计有关的其他许多方面。如蒙德里安的装饰画。"包豪斯"的装饰艺术主要转向装饰与实用相结合上来了，对不同材料和外观形状的装饰试验为工业设计的表现力提供了新的装饰方法。探索一种"装饰服从于形式"的装饰设计语言，要求装饰艺术创造和民众的日常生活需要结合起来，和机械化大生产结合起来，和科学技术结合起来。如 1924 年拜耶的报纸亭设计，具有强烈的功能主义、理性的装饰和风格派的特点。到后来的"光幻艺术"是利用人的错视原理，把几何图形用周期性结构和交替结构（如图 1-36）作装饰元素，以及采用线与色的波状交叠，色的层次接续或并叠对比等装饰手法，造成画面的律动、振动、放射、涡旋以及色彩变幻等装饰效果。随着飞机、电脑等产品不断大众化，工业化的大生产使得装饰元素更简洁、更具有现代感。如从汽车的发展就可看到装饰元素的不断变化，美国的通用汽车在外形的设计装饰上就体现了装饰元素中材料、形式、功能上的广泛应用。以电子与信息为标志的现代高科技透过现实空间的表象形态，展示出分子、原子、质子等微观世界具有装饰元素的几何形的流线美、简洁美。

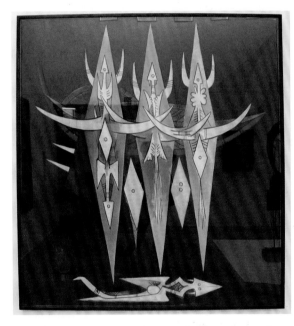

图 1-36

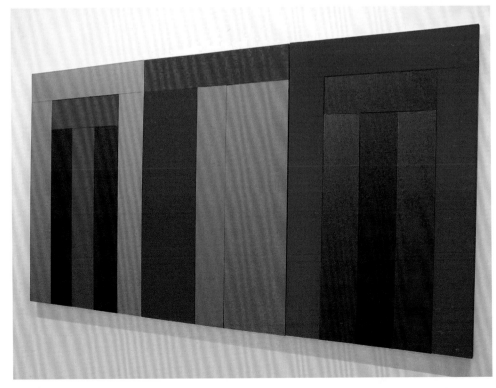

图 1-35

第二节　装饰的一般原理

一、功能性

装饰要具有实用的功能，也要有审美的功能。随着人们生活水平的提高，人对生活的质量要求也相应提高了。装饰的实用功能已不再局限于人的基本生活的满足。装饰联系着人类的物质文明和精神文明，改变着人们的生存空间和生活方式。

装饰的实用性首先应当考虑具有实用功能，美学的审美性应当寓于实用性之中，应当围绕着实际使用的要求来考虑，从材料的选择、外部造型、色彩装饰等多方面，都要结合实用要求来考虑艺术处理和加工等问题。观赏用的特种装饰也不例外，因为它们同样具有实用目的，即美化人们的生活环境，所以也需要适应环境和满足消费者的需求。装饰的实用性应当适用、经济、美观。就是要在满足人们的物质需要的同时满足人们的精神需要，在具有装饰的实用功能的同时也具有装饰的审美的功能。如建筑、家具、陶瓷茶具（如图1-37）、酒具等，都首先应当让人感到方便适用，然后才谈得上漂亮美观。装饰的实用首先考虑到使用效果，根据实用特点来进行艺术处理与美化装饰。特别需要指出的是，随着社会的发展和科技的进步，人们对物质生活与精神生活提出了愈来愈高的要求，不仅希望日常生活用品坚固适用，而且希望这些用品精致美观（如图1-38），甚至把美观放到越来越重要的地位上，产品装饰实用性都要达到"适用、经济、美观"的要求。

图 I-37

图 I-38

装饰的审美性是通过审美主体对装饰作品中的美的感知、认同、欣赏、感情等得以实现，并具有意蕴美、韵律美、工艺美等。通过生动的造型、优美的形式、绚丽的色彩（如图1-39），给人们美的享受和启迪，净化人们的心灵，陶冶人们的性情。装饰使人们在满足物质生活的同时，还给人们生活诗意般的色彩和美感，使人们获得审美的愉悦，享受生活的乐趣。人类的审美观点是随着人类文明的发展而升华的。在审美史的发展过程中，基本上划分为三大派系：即美是主观的；美是客观的；美是主、客观的统一。美是自然的存在，人类生存在大自然的环境中，一切有利于生命的健康和精神的阳光，有利于人类的进步和发展的事物，都是美好的。大自然所给予的一切，是装饰艺术取之不尽，用之不竭的审美材料。

图 I-39

实用性与审美性二者应当是有机统一的。实用性是审美性的前提和基础，审美性反过来也是可以增强实用性，所以，实用性和审美性二者相互促进，缺一不可，密不可分，它们构成了实用艺术最基本的原则和特征。尤其需要指出的是，随着社会生产力的不断发展和人民群众生活水平的不断提高，审美性在实用艺术中的比重越来越大，人们对实用艺术美的要求，比过去任何时候更加广泛和迫切。如室内装饰布置就越来越引起人们的关注，从地面装饰、墙面装饰（如图1-40），到花样繁多的灯具（如图1-41）、琳琅满目的床上用品，乃至摆设的壁挂、字画、观赏工艺品等，都日益普及，进入千家万户。随着社会的发展，这一趋势将更加明显。

图1-40

真实，不求再现自然，它突破了时空观念的限定和约束，是写实绘画无法做到的。二是变形的表现。变形是改变自然原形的惯常标准（如图1-44），通过夸大缩小或其他改变对象的性质、形式、色彩等，以达到装饰美的目的。

图1-41

图1-42

图1-43

二、特征

装饰有两大特征，一是平面化的表现。它将现实中的物象，引入并限定在二维空间的范围之内，在二维空间内进行表现，追求饱满、平稳、生动的平面效果。它表现在造型上和构图上的平面化。点、线、面造型是装饰元素的基本特征，装饰元素中的线（如图1-42），不仅是一个简单的形，而是包含了光、色、空间及质感的综合，它是情感及心灵的表现，是画面气势及意境的体现（如图1-43）。线条因表现的功能不同而呈现多种形式，如形体线、结构线、边缘线、装饰线、运动线、构成线、情感线等。构图上不受任何约束，不求视觉上的

图1-44

三、分类

装饰艺术的分类是对装饰艺术活动或装饰艺术形式予以类型化的划分。因装饰历史久远，种类繁多，规模之巨，分类之细，技艺之精，是世界人民的艺术财富。由于装饰与绘画、建筑、雕塑的关系密切不可分，因此，其分类的角度不同，分类的方法也就不同。

从造型艺术上分，可分为平面装饰和立体装饰。平面装饰主要是指以装饰的元素为基础，在平面物上所作的装饰图案，如刺绣、地毯、彩绘、染织等。立体装饰可分为规则几何体和不规则几何体，大多是石雕、木雕、陶艺、面具等。

从工艺表现来分，可分为传统装饰与现代装饰。传统装饰有如民间刺绣、古彩陶（如图1-45）、古青铜器等。现代装饰主要是在手工的基础上结合现代机械加工和科技手段制作的装饰艺术品，如现代的城市雕塑、纤维艺术、现代陶艺（如图1-46）等。

从装饰材料来分，可分为金属艺术、陶瓷艺术、漆器艺术等，但是现在很多的装饰艺术品已不再是单纯的一种材料的使用，很多是多种材料相结合的综合应用。如金属与木材相结合（如图1-47）；陶瓷与纤维相结合等。

从使用的用途来分，可分为观赏性的与实用性的，观赏主要是摆饰，供人观看为主，如城市雕塑、陈设陶艺（如图1-48）、插花等；实用主要是生活的实用产品，如日用品、服装、家具等。

图1-45

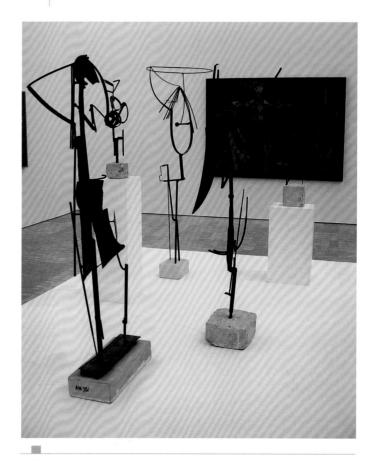

图1-47

图1-46 《小芳》
作者：张玉山

图1-48 《天上的云》 作者：张小兰
获"第七届全国陶瓷创作新评比"优秀奖 材质：高温釉下五彩铜官陶

第三节 装饰艺术的形式美法则

　　装饰的形式性表现为程式化和秩序化。程式化是指造型时不是再现生活，而是按照一定的格律把事物艺术化，具有明显的主观倾向的统一格式（如图1-49）。而秩序化是指不是人们主观臆造出来的，是自然秩序的主观反映。形式美法则是对自然美加以分析、组织、利用并形态化了的反映（如图1-50）。荷加斯说："形式美规则就是：适应、多样、统一、单纯、复杂和尺寸——所有这一切都参加美的创造，互相补充，有时互相制约。"变化与统一是形式美法则的总则。它包含于"对称"、"均衡"、"调和"、"对比"、"节奏"、"韵律"等形式美的基本法则之中。装饰形式美的法则，以形式美的法则为出发点，以特定的工艺和特定的材料去完成。随着装饰实践活动的不同形式，形成了各自的特色和规律。而它又受到装饰对象、环境、功能、材料、制作等条件的制约。在适应性与内蕴性的原则下，其形式表现了审美创造的极大自由和多姿多彩的艺术风貌（如图1-51）。装饰元素的形式美是不同地区、不同人种区域性集体审美表象物化的结果，具有承袭特征（如图1-52），也就有不同的装饰形式，不同的装饰形式美。

图1-50

图1-49

图1-51

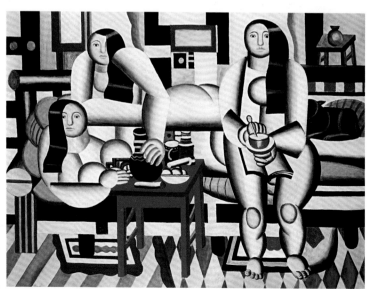

图1-52

19

第二章 装饰艺术形式的构成要素

第一节 装饰形态元素

　　装饰艺术与纯绘画艺术一样,也是以点、线、面作为最基本的形态要素的,任何一件装饰表现作品,都由点、线、面或是其中的几个要素构成。点、线、面对于装饰作品来说,就犹如砖瓦对于建筑、音符对于乐章一样不可或缺。作为装饰符号的点、线、面,经过有意识的设计、重整、组合,形成独具个性的作品,因而也是艺术的生命语言。

　　点:既可以理解为几何意义上的点,也可以理解为面积无限小的面。从形态上来说,它可以是圆形的也可以是不规则几何形的;从动态上来说,可以通过疏密变化、大小变化、颜色变化来表现运动或静止、远或近的视觉效果。图2-1的作者采用部分喷绘点的方式,使其运动呈现不规则的状态,营造出缥缈的感觉。图2-2则比较写实,木头的纹理表现很到位。

　　线:按点的运动轨迹连贯起来的即是线。同样,这里所说的线也不是单纯几何意义上的线。线的形式有许多种,细线、粗线、直线、斜线、波浪线、螺旋线……既可表现时间的流动、运动的方向,也可以表达面的形象。因此,线的运动构成了面。图2-3是一幅装饰刻漆画,画面中的线条变化丰富,刀刻的线条刚劲且富有变化,轻刮的线条形成虚面,整个画面虚实有度,较有层次感。图2-4的线条变化丰富,既有粗细的变化又有方向的变化,整个作品极富立体感。

图 2-I

作者:谢旭雯

面：即为由线封闭而成的平面形。面最基本的形态是方形、圆形、三角形，由此衍生出来的其他形式，成为装饰艺术中丰富多彩的装饰语言之一。方向、大小、颜色不同的面组合在一起，能够在一个平面上产生神奇的空间感和运动感。图2-5的壁画图案由大小、形状不一的色块组成，面积及色彩的对比都很强烈，富有现代感。图2-6作品的整个画面由几个色面组成，通过色彩、面积、位置及表面肌理的对比，人为制造错位的空间，具有强烈的装饰效果，很好地烘托了作品的主题。

图 2-2
作者：陆陪陪

图 2-3
作者：钟莹

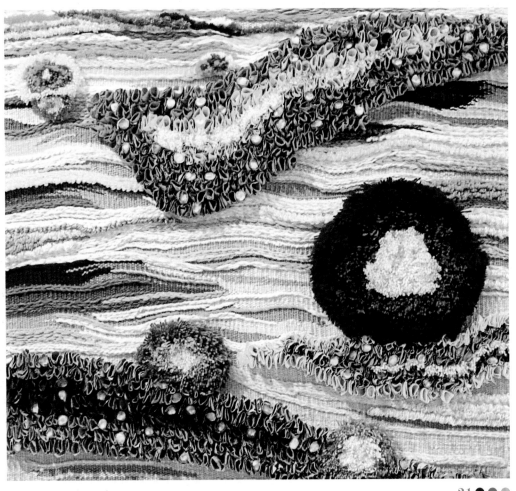

图 2-4
作者：李田

图 2-5

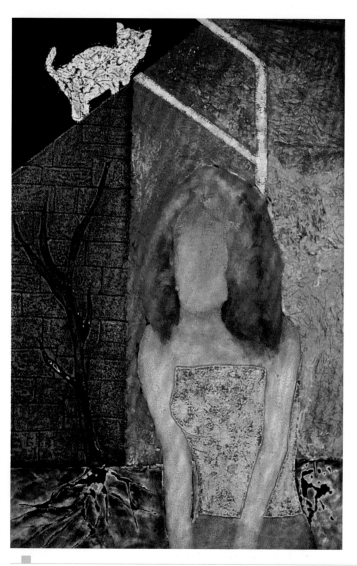

图 2-6

图 2-7
作者：姚熙

在装饰艺术中,点、线、面被广泛运用于作品当中。单纯用点来表现的手法称为点绘,单纯用线来表现的称为线描,或是用形状、大小、颜色不一的面来表现都能取得很好的视觉效果。但大多数的作品往往采用几种元素进行组合,这样可以通过元素间形式的对比、空间的对比以及节奏的对比来获得独特的艺术效果。图2-7从表现内容上看,是一幅很有想像力的作品,从形态元素的运用方面看,作者对点、线、面的理解很深刻,因而整体画面非常饱满而具有空间感。图2-8将点、线、面协调地加以运用,具有很强的形式美感,其构图采用的是简约的构成方式,点、线、面以规则的形态被糅合在一个画面中,表现的是机械化、规律化的美感,明显具有国际化的风格。

图 2-8

第二节　装饰造型

装饰造型是对现实生活中的形象进行加工和再创作而得到的,融入了创作者的想像力和情感,它绝非是对事物简单的描摹,而是一个创造性的活动过程。在装饰艺术中,造型是艺术品获取永恒生命力的决定因素之一。从原始装饰语言符号到现代装饰性雕塑,艺术家们对造型的装饰进行了孜孜不倦的探索,总结出了一系列的形式美法则,并从着重表现形式的美、外在的美发展到关注艺术造型的生命内涵。

一、装饰造型的基本形态

造型的创作首先需要对现实形象进行理性的分析,并对所表现主题的结构、比例进行夸张、变形处理,因此装饰造型既来源于生活又高于生活。从装饰造型的基本形态上,可分为图案纹样、平面装饰和立体构形三种。

1）图案纹样

图案纹样是从原始装饰符号发展起来的一种纹样格式,它具有格式化、规律化的特征,其组织形式有单独纹样和连续纹样两大类。单独纹样是一种独立存在的装饰单元。作为装饰形式之一,单独纹样是连续纹样的构成基础,在图案中占有很重要的地位。从结构形式上看,单独纹样又分为自由纹样和适合纹样两类。自由纹样即不受外轮廓限制,自由处理外形而单独构成的纹样,虽然可以天马行空地处理图形,但仍然有结构严谨、造型丰满的要求,多应用于图形设计、装饰绘画和视觉传达设计等领域,如图2-9、图2-10分别是风景和动物的自由纹样。适合纹样即适合于一定外轮廓的装饰纹样。由于受到特殊的形状限制,适合纹样多应用于服饰设计、产品设计、陶瓷图案及建筑装饰等领域。图2-11是适合纹样在建筑装饰领域中的运用,图2-12是最常见的适合纹样的模式。

图 2-9

图 2-10
作者：方淑君

图 2-11

图 2-12
作者：倪冰

连续纹样是相对单独纹样而言的，它的组织形式有反复式和非反复式两类。反复式的连续纹样具有规律性、重复性特点，并且无限地循环排列下去，常见的形式有二方连续和四方连续两种；非反复式的带状纹样，如图2-13，则是单独成立的一种形式。二方连续纹样是以一个装饰单元为基础，沿上下或左右方向作有规律的连续重复排列，是连续纹样中最常见的一种形式，如图2-14。构成二方连续的基本样式主要有散点式、接圆式、波状式、折线式等。四方连续纹样，如图2-15，即一个装饰单元沿上下左右四个方向作有规律的连续重复排列，其组织形式有散点式、连缀式、重叠式等，多用于布匹、壁纸、包装纸、地毯设计等领域。图2-16是一件手工苗族织物，其图案就是一个四方连续纹样。

图 2-13

图 2-14

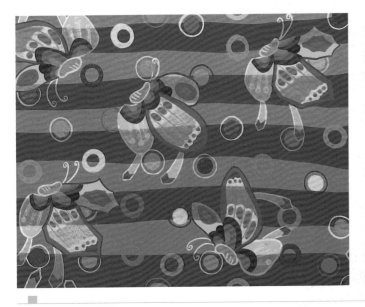

图 2-15

作者：赵涛宇

图 2-16

2）平面装饰

平面装饰图是在单独纹样的基础上发展起来的具有绘画特征的装饰造型形式。它与图案纹样的区别在于，画面构图除了具有平面化、规律化等形式特征外，还具备了传统绘画艺术的各项特征，因而与传统绘画艺术的界限较为模糊。如图2-17，在技法和色彩运用等方面与一般绘画的界限也较为模糊，并具有立体主义风格的绘画特点。平面装饰图一方面在吸取传统绘画艺术的精华的同时，又充分利用了各种装饰色彩、特殊手法及装饰性材质的特点，极大地丰富了艺术表现力。漆画、壁画、装饰性绘画等都属于这类形式。图2-18所示的标志是香熏化妆品标志，由于香熏产品起源于印度，因此作者根据印度的文化特点设计了这款商标，突出了产品的纯绿色植物及异域文化的特点。图2-19既有传统绘画艺术的特征，色彩上采用较写实的风格，形式上又具备装饰艺术的形式美感。图2-20色彩淡雅、构图新颖、层次丰富，试图以平面来表达三维空间的概念，形式感强烈，是一幅上乘的彩铅佳作。

图 2-17

图 2-18

作者：张静

图 2-19

作者：周良

图2-20

3）立体构形

立体构形是用三维空间表现装饰主题的一种造型方式。相比于平面化的造型来说，立体构形更具整体空间感，这种立体感将人们的思维和想像从二维平面引向了三维的广阔空间，从而更容易对主题有深刻的感悟。立体构形有着悠久的历史，从新石器时代的彩陶到现代装饰品等众多造型都属于立体构形的方式。图2-21的作品对于材质的表面处理是根据主题的需要来进行的，这样的处理不仅与整体造型很协调，而且提升了作品的品位。图2-22的造型采用机械零件的组合方式，所用的材料也是在工业中占主导地位的钢铁，这件作品试图通过这种方式来表达人们对工业时代的理解。在造型的结构方面，除了主题外形本身的装饰变化之外，还包括表面材质的装饰处理，二者是统一协调的，在表达审美感受的同时还兼顾了装饰设计的实用功能并能与周围环境相呼应。图2-23无论是作品的主题、雕刻技法还是对细节的处理，都与创作时期的历史背景密不可分，并且与周围的建筑环境非常协调。

图2-21
作者：
吴卓斌

图2-22

图2-23

二、装饰造型的种类及特征

艺术家们通过观察和分析，创作了无数形态各异的造型，但无论是什么样的造型都可以在生活中找到其原形，因而从创作型的方法来看，大致可分为写实型和抽象型两类。

1）写实型

写实的装饰造型是根据客观存在的实物，如人体、动物、植物等，用较写实的手法来表现对象，比较明了地表达作品的意境，强调真实感。这类造型方式从外观就可以较直接地联想到其表现的内容，因而具有主题鲜明的特点。其在装饰画及各类材质的雕塑作品中占有很大的比例。这里所说的写实并非绝对的写实，图2-24层次分明，很有张力，对向日葵花束的描绘，无论是造型还是色彩都相当写实。图2-25的作品是一个古埃及人物的雕塑，雕塑造型只写实地将人物的头部、手、脚表现出来，而虚化了人物的身体，但也属于写实类的装饰造型。图2-26用超写实的手法刻画光影的细微变化，非常真实地再现了物体的质感。

图 2-24
作者：谭佳莹

图 2-25

图 2-26
作者：唐佚桔

2）抽象型

抽象的装饰造型是用理性的点、线、面，通过抽象符号间的组合，来激发人们丰富的想像力，具有很强的视觉冲击力。这种造型方式实际上是舍弃了实物的各种外形属性之后得到的，反映的是作者的某种意愿，以引导人们进行思索。当然，抽象是相对的，对于写实装饰造型的规整来说，抽象的造型也并不是杂乱无序的，它也遵循着装饰造型的形式美法则。这类造型在现代装饰作品中被大量采用，以表达人们对机械生活的反思和对混沌世界的理解。图2-27是一幅平面的抽象作品，作者用色块和貌似烦乱的笔触来试图表达个人的某种感受，带着不同的心情去看这幅作品会产生不一样的联想。图2-28是一件立体构型的装饰作品，本身并没有什么特别意义，但观者可以通过各种角度加以想像，具有很强的视觉冲击力。

图 2-27

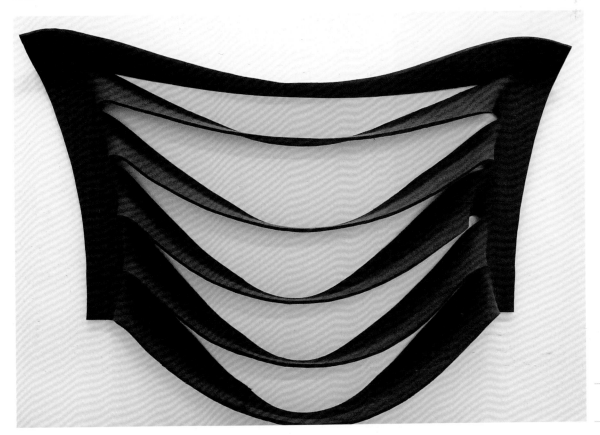

图 2-28

三、装饰造型的表现方法

从自然写生得到的素材，按照主观意愿与感受对其进行归纳、夸张、加减、解构等创造加工，才能具备装饰的特性，满足装饰造型的需要。装饰的手法有许多，根据主题的需要，在运用时往往综合多种手法来表现，以取得突出特征、增添情趣的目的，以下介绍的是较为常用的几种表现方法。

1）归纳

归纳是对自然素材的外形、色彩、本质特征进行概括提炼的过程，用简约的方式，如将物象几何化、条理化，以此来展示物象的各项特征，使之形象更为鲜明突出。归纳法舍弃的是流于物象表面的东西，保留的是物象的精神本质和内在韵意。需要注意的是，归纳并不是将物象进行简单的简化，它追求的是简洁的美，尝试用简洁的方式表达深厚的内涵，因此，在进行概括提炼的时候，既要突出事物的重点和本质，也要注意外形的完整和生动。图 2-29 所示的作品根据蹼

图 2-29
作者：奚电印

图 2-30
作者：廖云

鱼的形象特点进行了归纳处理，并用特征相同的其他物体替代，有效地突出了其最明显、最重要的特征而忽略了其他次要的部分，因而使蹼鱼的造型成为了整个画面表现的中心。图 2-30 作品的主体部分是女人体，其造型的特点在于将人体细微的多处转折忽略掉，并以流畅的曲线概括地归纳了女人体特有的美感，同时对女性特征进行了夸张处理，使整体造型更符合装饰的形式美法则。图 2-31 所示的城市雕塑造型的自然素材是人体，但该作品只保留了人体曲线的特征而将其他次要的结构特征全部舍弃，用概括简练的手法塑造了一个全新的造型，这样的造型以现代艺术的眼光看要比完全不加取舍的写实雕塑作品更耐看。

图 2-31

2）夸张

夸张是对事物的特征，包括结构特征和表情特征进行强调、夸大的处理，使形象更鲜明的造型表现方法。对事物的夸张处理，一定要抓住某个最重要的特征来进行，而不宜对物象的所有方面进行不加选择的夸大，这样才能准确地将物象表达到位。此外，夸张的尺度需要好好把握。夸张变形的方式虽然有许多，如对结构的透视夸张等，即使是有悖于常理的，也要符合形式美的要求。图 2-32 的原形是什么已不重要，重要的是这个造型本身糅合了众多物象的特征，并加以夸大、重组，由此而产生的效果是不言而喻的。图 2-33 的人物造型对其身体和腿部进行了夸张，弱化了手部的特征，并在人物的身体和脸部增加了纹样的装饰，使作品的整体形象更加丰满，这样的处理与创作时期的历史文化背景是有着密切的关联的。图 2-34 从主题上进行夸张，作品颇具创意，容易引发人们的联想，这样也不失为夸张的一种方式。

图 2-32

图 2-33

图 2-34

3）加减

根据造型的设计意图，将物象繁复的东西舍弃，只保留其展示特性的部分，或在需要的地方添加线条或色彩或形状等，以丰富造型的表现力，这种造型方法即为加减法。加减法需要对物象的结构特征有深刻的认识，无论是增加还是减少，都是为了取得最理想的装饰效果而进行的。图2-35是一幅幼儿园的壁画，根据幼儿的年龄和心理特点，该作品将各种图案加以简化，以最简洁的形状取代复杂的原形，与幼儿园这个特殊的环境非常协调。同样是壁画，图2-36在造型上则十分丰满，画中的植物和动物都增加了纹样的装饰，使得整个画面层次感相当强烈。

图2-35
作者：喻湘龙

图2-36

4）解构

解构，即反结构，或分解结构、消解结构中心。要把现成的、既定的结构解开，就必须重新创造规则。解构的装饰造型，是打破原有物象的形状和特征，然后重新组合成新的物象形状。它在二维、三维空间都可以进行，具有很大的偶然性和不可预见性，因而极富新奇感，具有很强的装饰效果。图2-37用各种蔬菜构成了人体的一部分，也属于解构的造型方式，这样创作的人体较一般的人体形式上更具新奇感，能够第一时间牢牢抓住观众的视线。图2-38对人体采用了解构的造型方法，创造出了新的人物形象，作品试图通过分解结构的方式去营造虚幻缥缈的氛围，同时带有未来主义绘画风格的特点。图2-39将牛的形象用剪纸的方式来表现，对牛的造型多次进行了解构处理，并以几个几何色块来分割和平衡画面，以弥补线条形式单调的不足，取得了不俗的装饰表现效果。

以上所述的几种表现方法并不是单独使用的，为了追求最理想的效果，我们在创作一个造型的时候往往是将几种方法同时使用的，在以上举例的作品中可以看出这点。

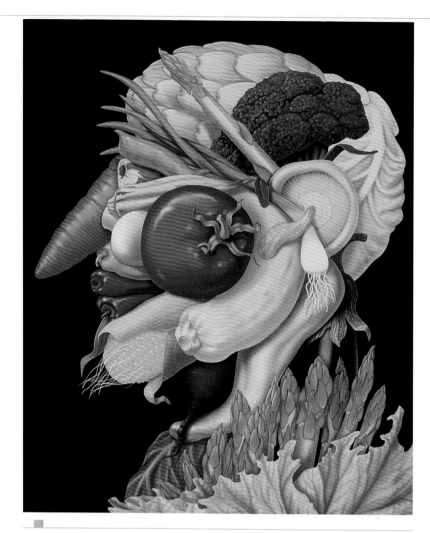

图 2-37

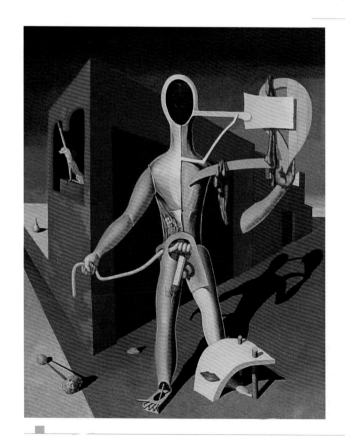

图 2-38

图 2-39
作者：林琳

33

第三节　装饰色彩

　　大自然呈现在我们面前的是五彩缤纷的世界，我们的情感会随不同的色彩而有所变化。当看到鲜红的朝阳、灿烂的鲜花，我们能感受到生命的振奋；当看到碧绿的湖面和岸边青青的拂柳，看到湛蓝的天空，我们能感受到生命的平静……大自然的色彩带给我们的感受和联想是无穷无尽的。人类用眼睛和心灵去捕捉和感受那瞬息万变的色彩，将其记录下来并加以归纳概括，便创造了写实色彩和装饰色彩。写实色彩以还原物象的色彩变化为目的，而装饰色彩则以色彩的情感联想和象征来满足人类对生命的心理需求。

一、装饰色彩的本质和特征

　　装饰色彩是在人类感知世界的过程中创造出来的，更多表达的是精神层面的东西，带有强烈的主观性。装饰色彩在对象化的过程中，由色彩的感觉变成感觉的色彩，最终被激活成生命意识，具有精神的象征性。对它的运用可以不受自然色彩规律的束缚，而只为表达个人对事物的感受，实现精神上的超越。主观性色彩的本质决定了装饰色彩具有理想性、实用性的特征，同时这也是与写实色彩的主要区别。

　　理想性：装饰色彩不以自然色彩为唯一摹本，表现的是自然色彩在心灵感知上引起的共鸣，注重的是形与

图2-40

图2-41

神、色与意等多重关系的写照，因而在表现上会因个人对色彩的喜好、习惯的不同而有差异，是受启发于自然色彩的个人理想化的产物。图2-40、图2-41的色彩对比强烈，使用高纯度的原色，在色彩的选择上带有明显的理想化的烙印，给人们以强烈的视觉冲击。

实用性：装饰色彩除了具有欣赏性外，还应具备实用性。在运用装饰色彩时，一般都要按照"实用、经济、美观"的原则进行设计，因此还需要考虑材质和工艺技术以及使用对象、使用功能等方面的要求。图2-42所示的商品展示包装，从功能上看，主要是为了突出商品，使之更容易吸引消费者的注意力，因此，它选用了鲜亮明艳的色彩，使该系列产品从平淡无奇中脱颖而出，兼顾了美观和实用的设计原则。从这点上说，装饰色彩并非天马行空的想像，如果脱离了功能性而仅仅是理想化的表现，就会失去存在的价值。图2-43所示的儿童图书的装帧用色，充分考虑了儿童图书的实用功能，与儿童的心理特点十分贴切。

图2-42

图2-43

二、装饰色彩的感觉与联想

不同色相、明度、纯度的色彩引起的感觉是千差万别的。在捕捉到色感的同时，大脑会产生某种情感的心理活动。美国心理学家托马斯．L．贝纳特认为"感觉世界是由我们四周不断变化的事件或刺激，以及我们对它们所作出的反应这两个方面所构成的"。对色彩的感觉实际上是一种心理信息，表达着热烈或平静、冷或暖、前进或后退的感觉。正是由于对色彩的各种感觉，因此引发了无穷的想像。

1）色彩的感觉

色彩的感觉是丰富多样的，冷暖、轻重、软硬、收缩、膨胀、前进、后退……都属于色彩感觉，同时带来喜、怒、哀、乐等心理暗示，这就是色彩能给人以诸多想像的原因。大致上，从冷暖、轻重、收缩、膨胀几个方面去认识装饰色彩的感觉，就能够对其他的色彩感觉信息有大体的概念了。

冷暖感：大脑对直接作用于视觉器官的一定波长的光的冷暖属性的反应，与色彩的实际温度无关。人们常常感觉到白色、蓝色、绿色等颜色是朴素、淡雅的，而对红色、橙色、黄色则感觉比较炽热。这与生活经验的积累不无关系，因为白色、蓝色、绿色容易使人联想到白雪、天空、草地，这些都让人感觉比较放松；而红色、橙色等容易使人联想到太阳、火，感觉比较热烈奔放。一般来说，高纯度色具有暖感，低纯度色具冷感，低明度色具暖感而高明度色具冷感，但同时冷暖感是相对的，有暖色的对比才会有冷感的出现，彼此并非一成不变的。同为暖色的颜色中明度更高纯度更低的颜色感觉会偏冷，如桃红和紫红，紫红的感觉会偏冷一些，同理冷色的情况也如此。利用色彩表现出来的冷暖感，可以表达装饰作品的意境和情感倾向。大面积的采用暖色可以得到热烈、积极、华丽、张扬的效果，反之则可以得到宁静、忧郁、内敛之感觉。图2-44整体的色调为红色的暖调，感觉比较热烈。图2-45采用低纯度高明度的色彩，整体为冷色调，有格式化、机械化的联想。

轻重感：与冷暖感一样，色彩的轻重也是心理量感。一般来说，明度低的色彩较明度高的色彩感觉要厚重，同时色块的大小、形状也会影响轻重感。高明度的色彩如明黄、浅绿、天蓝等可以营造轻盈、淡雅的气氛，低明度的色彩如深蓝、朱红、褐黄则给人以庄严、肃静的感觉。面积大且形状规则的色块容易成为视觉的中心点，从而感觉实在；面积小且外形较虚的色块感觉则比较轻薄。通过对色彩轻重感的合理运用，作品的意境才能得到较好的表达。图2-46整体画面以明度较高的湖蓝、绿为主调，视觉上有淡雅、轻盈之感。图2-47画面右上部分的暗红色块较周围的几个黄色块要重，为了平衡画面，作者在左下部位增加了色彩及造型方面的变化。

收缩、膨胀感：与光的波长的长短有关。由于不同波长的光在视网膜上的聚焦点并不完全在一个平面上，因此影像的清晰度会有所不同。长波长的影像具有扩散

图 2-44

图 2-45

性，短波长的则有收缩性。因此，当看到红、橙等暖色时，感觉会比较饱满，似乎有向外扩散的倾向，而看到冷色时则不然。收缩、膨胀感也与色彩的明度有关，大小、形状相当的色块，明度高的看上去较明度低的要大一些。通过冷暖色对比以及明度对比可以最终获得较为适宜的装饰效果。图2-48是书的封面，视觉的中心很

容易落在中心的大红色色块上，与周围的灰色相比，红色色块的面积显得比实际的要大一些，这是因为暖色与无彩色对比时具有的膨胀感所致。图2-49是一幅反战海报，大红的底的映衬突出了视觉的中心——枪支及其剪影，在热烈之余也有收缩之感。

图 2-46
作者：朱惠君

图 2-47

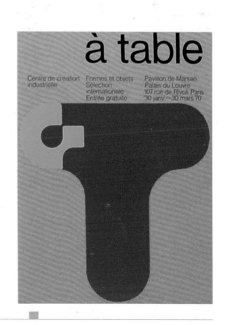

à table

Centre de création
industrielle
Formes et objets
Sélection
internationale
Entrée gratuite
Pavillon de Marsan
Palais du Louvre
107 rue de Rivoli Paris
30 janv.–30 mars 70

图 2-48

图 2-49
作者：张静

图 2-50
作者：张静

2）色彩的联想

通过感觉色彩而激发的联想，既来源于生活经验与环境，也与历史、文化、地域等有密切关系。某种色调激起心中的回忆或想像，从而表达出某种情感。色彩传递的酸、甜、苦、辣、咸五味杂陈的感觉，其实是受众自身对色彩产生的联想。看到红、黄等暖色时，我们会联想到太阳、火焰、热血、战争、宫殿等事物，这些都是能引起激动、亢奋感觉的心理暗示，因此才会有热烈、积极、勇敢、喜悦的感觉，图 2-50 的主体色彩选用大红、橘黄、宝蓝等明艳色调，并用黑色来进行对比和平衡画面，使人很容易产生关于传统的、民族的联想；看到蓝、绿等冷色时，会联想到天空、草原、湖泊、月夜，这些事物无论是从生活经验来说还是从文化传统来说，都能够给人以宁静柔和的感觉，因此，这类色彩有含蓄、忧郁的感觉，图 2-51 用幽蓝的灯光和灰调子营造一种古韵悠远的味道，这样的色彩与布景配合在一起，人们会联想到深深的宅院及其背后的故事。同一色彩在不同历史时期、不同地域、文化背景里传达的信息也不尽相同。如我国传统将黑、白色视作丧葬色，代表衰老、死亡，然而在汉代，黑色曾经是皇服的颜色，代表尊贵和权力；同样在国外，黑色也代表高贵，白色则代表纯洁，黑、白色多出现于国外的婚礼庆典。在装饰色彩中，色彩的情感感受和联想象征并非孤立的色彩现象，而是彼此相依相存的。在运用各种装饰色彩的时候，要将色彩的感觉和象征充分联系在一起考虑，选择能营造适宜气氛的色彩来表现装饰主题。图 2-52 的色彩轻柔而又明艳，作品本身的主题带有一定的幻想性，而近似透明的绿、蓝、紫的搭配更加突出了主题的装饰意味，使整个作品有一种梦幻的感觉。

图 2-51
作者：张常丽

图 2-52
作者：巩姝姗

三、装饰色彩的运用

在丰富多彩的装饰色彩里,选择何种色彩语言来表述适宜的气氛和意境,烘托装饰的主题,是一门非常重要的课题。我们只有充分理解不同文化背景下色彩的感觉和象征,同时研究其色彩的对比和协调关系,才能游刃有余地运用色彩语言表达装饰的主题,使之更符合装饰形式美的需要。

1）色彩的对比

大自然的色彩从来都不是孤立的,通过种种颜色的相互映衬、对比来显示各种色彩的依存关系和表象联系,构成了这个让我们心情愉悦的世界。色彩大师奥斯特瓦尔德曾说过：效果使人愉快的色彩组合,我们称之为和谐。通过色彩的对比达到和谐的境界,是常用的方式。色彩的对比是由各种色彩在明度、色相、纯度及面积、形状、位置等的差别构成的。几乎任何色彩效果都可以由对比得到,而装饰色彩的魅力就在于此。

A. 明度对比

色彩的明度关系又称素描关系,其对比包括同一色相和不同色相的不同明度的对比。明度对比在装饰色彩的表现上非常重要,因为色彩的层次和空间都可以通过明度的对比来实现,因而被视为是色彩表现的基石。根据明度色标,凡明度在零度至三度的色彩称为低调

色,四度至六度的色彩称为中调色,七度至十度的色彩称为高调色。

明度对比的强弱由色彩明度差别的大小来决定,有中、长、短调之分。三度差以内的对比又称为短调对比；三至五度差的对比称明度中对比,又称为中调对比；五度差以外的对比,称明度强对比,又称为长调对比。长调对比强烈、层次丰富,容易产生兴奋感；中调明确,对比适中,节奏明快；短调柔和,有含蓄、收敛之感。对于装饰色彩来说,明度对比的正确与否,是决定配色的光感、明快感、清晰感,以及心理感受的关键。此外,明度的对比还必须与色相、纯度建立起相互依存的关系,否则将失去色彩的内涵。不同色相、纯度的中、长、短调的结合与对比,将赋予装饰色彩鲜活的生命力。图2-53是以麻和毛线作为材料制作的纤维装饰作品,色彩及造型都非常简约,色彩以明度不同的黄色为主,通过色彩之间的对比来凸显作品的韵味,节奏轻盈。图2-54根据画面主题的需要选择了柔和的色调,明度的对比含蓄适中,画面完美地调和在灰蓝的调子中。图2-55主体部分色彩的明度较高,而作为背景部分的色彩明度则较低,主次、虚实的关系处理得很好,高、低明度的对比使画面有了丰富的层次感,达到了突出主体的目的。

图 2-53
作者：黄娟

图 2-55

图 2-54
作者：陈韦玮

图 2-56

B. 色相对比

色相的对比由各色相的差别组成,大体上有对比色
—补色的对比、同种色—邻接色—类似色的对比及中差
色的对比。对比色、补色的对比效果较强烈,其色相差
别大,色彩鲜艳、饱满,观后有兴奋、刺激的感觉,运
用不当则会有低俗、杂乱无序的毛病,所以在运用时应
当注重明度、纯度的补充,适当辅以中性色,以减弱过
分刺激、喧闹的感觉,从而使整体的色彩效果会更为生
动柔和,对主题的表现更为恰当。图2-56的包装采用
红绿对比,色彩强烈,但感觉不俗,原因在于加入了小
块面的黄色以及无彩白色,这样在视觉上减轻了过分刺
激的感觉,而达到和谐的视觉效果。

同种色、邻接色、类似色的对比效果较柔和。同种
色没有色相的差别,而邻接色、类似色的色相差别不
大,因此在运用此类对比时,能较好体现主色调统一、
色彩柔和等特点,但同时也易出现画面单调、呆板等弊
病,因而需要辅以明度、纯度的合理运用。图2-57是
一组化妆品的包装,作者根据其诉求对象为年轻女性的
要求,设计采用的图案及色彩分别选用了花草及轻盈的
黄绿色,色彩对比柔和,色调统一。

中差色的对比效果介于以上二者之间。中差色的

图 2-57
作者: 张静

色相差别较大,也比较容易产生兴奋、激动感。图2-
58的红、橘红、黄、绿的对比并没有俗艳之感,原因在
于它们都统一在灰调子的调和之中,使整个画面的色调
很有现代感。图2-59色彩鲜艳,几个辅助色的穿插对
比使蓝、绿、红的对比运用十分协调,如红绿对比除了
注意面积和位置的对比之外还辅以黄、褐色的穿插使用
等,充分理解和掌握了色彩对比的原理和效果。

图 2-58

图 2-59

C. 纯度对比

色彩的纯度是指色彩的鲜艳程度或饱和程度。纯度的对比加强了色彩之间的相互衬托作用，使得色彩更为生动，画面更具感染力。如高纯度色与无彩色的对比、饱和色与含灰色系的对比，可以衬托出高纯度色及饱和色的生动鲜亮，也摆脱了单调、肤浅之感。而纯度相近的色彩之间的对比，效果较为柔和，有模糊、朦胧之感。图2-60通过纯度的变化，用低纯度的背景色衬托高纯度的主体色，使主题鲜明，造型生动跳跃，让静止的作品具有了欢快的节奏。图2-61的色彩纯度不高，有混沌的感觉，这是根据作者想要表达的主题而作出的选择。

图2-60

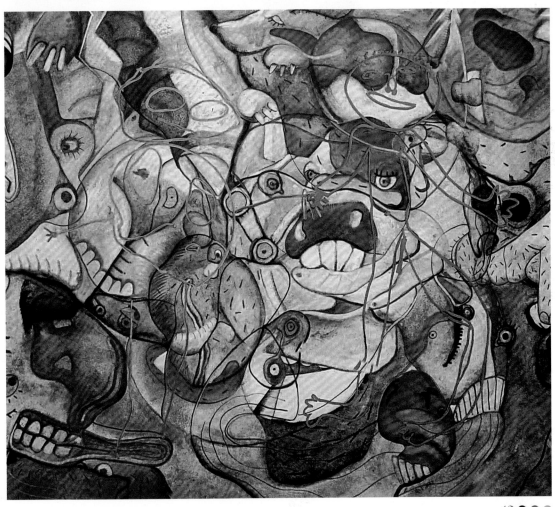

图2-61

D．其他对比

除了色相、纯度、明度的对比之外，色彩的对比还包括面积对比、冷暖对比、同时对比等。面积对比即色块形状大小关系的对比。由于形状大小不一，产生的质感与量感会有所不同。通过面积对比可增强视觉冲击力，从而达到装饰形式美的目的。冷暖对比即色系之间的对比，冷色调与暖色调或冷色与中性色，暖色与中性色的对比，能够增强生动、活泼、新颖的装饰效果。同时对比即相邻的两色彩都有将对方推向自己的补色的一种惯性或错觉，如红蓝色并置，红色中带有橙影，而蓝色中则有绿味；黄、紫色并置，黄色更黄，而紫色更紫等，都是同时对比产生的视错觉。而这种视错觉往往能使画面主题更为鲜明，更好地突出了氛围。图2-62既有面积对比也有冷暖对比及同时对比。

2）色彩的协调

我们通过色彩对比，制造出各式各样的视觉效果，其最终目的是要达到色彩的协调统一，使之符合色彩审美情趣。奥斯特瓦尔德认为：

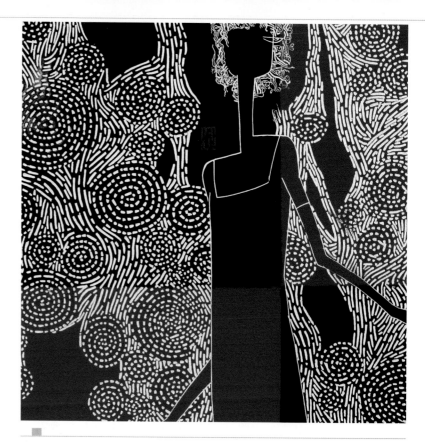

图 2-62

作者：汤荣春

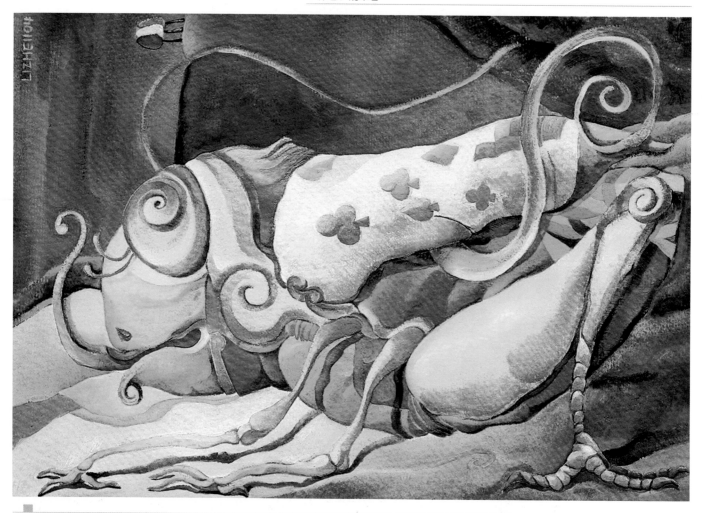

图 2-63

作者：李哲

44

"要使两种或两种以上的颜色协调，必须使它们在主要的因素方面相等。"根据色彩原理，我们在此试举出色彩协调的途径。

A．相近、同类色的协调

这种协调方式在许多装饰作品中较为常见，如明度、纯度相近的黄、绿色的调和，蓝、紫色的调和等。相近、同类色的调和较容易掌握其规律，但若处理不当，也易使画面显得呆板而缺少生气。要想得到特殊的装饰效果就需要寻求变化，从色彩的三要素中选择地加以变化，以求得视觉上的统一与协调。此外，还可在大面积的相近、同类色中加以小面积的对比色或无彩色点缀，以弥补形式单调的不足。图2-63、图2-64都是出自同一位作者之手，对相近色的协调采取了明度变化及辅以小部分中差色的方法，如调入橘红色以衬托黄、绿色，淡蓝色衬托黄色、暗红色等，画面新奇有趣，极具形式美感。

B．对比色的协调

对比色的协调并不好掌握，需要有对色彩较深的感悟力及熟练运用色彩的能力，才能协调好对比色的关系，使画面既鲜明又统一，否则可能会沦为低俗之作。对比色的协调也需要从色彩三要素及面积、虚实、冷暖等关系入手，通过调整各种对比因素的强弱，求得各因素在节律、情感联想等方面的协调，从而制造独特的美感。图2-65至图2-67从色块面积、虚实方面入手，通过改变明度及增加一些中差色，如黄、紫等来降低画面色彩的刺激感，将红绿对比色的协调运用发挥得淋漓尽致。现代派大师如马蒂斯、米罗等人的作品中采用此法，皆有不凡表现。

图2-64
作者：李哲

图 2-65

图 2-66

图 2-67

作者：吴昊宇

第四节　装饰肌理

肌理是物质表面的现象特征。作为装饰元素之一，肌理对于装饰效果的表现起着非常重要的作用。通过运用某些材质和工具或用特殊手法表现不同物质表面的组织结构和纹理特征，既丰富了画面层次，又与画面整体一道通过视觉或触觉感受，激发受众的丰富联想，从而使作品更具感染力。肌理可以通过选择适合的材质以及人为的手法来得以表现。

一、材质

各类材质都具有本身独特的天然肌理构造形态，如金属的坚硬和光泽、木头的纹理、石头的粗糙……选择不同的材质可以表现粗犷拙朴或精致细腻的感受。传统的装饰材质一般包括金属、木、石、陶、纤维、纸、瓷等，现代装饰材料则范围更广，羽毛、蛋壳、树皮甚至废弃物都可以根据主题的需要来充当主要的装饰材料。

材质的选择要与画面主题相协调。金属、木、石、陶等材料制作的作品，一般外表较粗糙，感觉厚重，有古朴、壮美之感，多适合于表现原始的生命状态；织物、瓷、帛等制品的表面肌理则较为光滑，有阴柔、细致之美；现代装饰材料较新颖有趣，反映的常常是时代的特征和人们对生命的思索。图2-68至图2-70分别是木雕、石雕、铜雕作品，这些材质特有的质感赋予了作品粗犷、古朴的美感。图2-71是一幅纤维作品，线条的纵向交错产生了流动的韵律，使作品的节奏分明。图2-72以鱼形为主要造型，用现代的构成方式演绎传统漆画，使之颇具现代感。图2-73采用的材料属于传统装饰材料，但因为表现手法及色彩的关系，作品具有十分强烈的个人主义风格，从而使传统的材质也具有了后现代主义的烙印。图2-74的作者试图用废弃的钢材这一现代的装饰材质，来表达工业化大趋势下人们的危机感。

图2-68

图2-69

图 2-70
作者：韦昱鑫

图 2-71
作者：李田

图 2-72
作者：汤荣春

图 2-73

图 2-74

二、装饰肌理的表现手法

除了运用材质表现肌理，还可以用拼贴、褶皱、转印、染等方法来制造视觉或触觉肌理，根据需要可选择一种或几种方法来表现特殊纹理效果，使之更具观赏性。图2-75用皱纸的肌理来衬托人体的质感。图2-76是将人体涂上颜料转印于画布上得到的，十分新奇有趣，在创作过程中这种方法有很大的偶然性。图2-77将各种废弃的包装袋用拼贴的方式组合在一起，呼吁人们加强对环保问题的重视。当然，表现肌理并非创作的唯一目的，而是要以它来对作品起到突出主题、丰富层次、增强节律、锦上添花的作用。

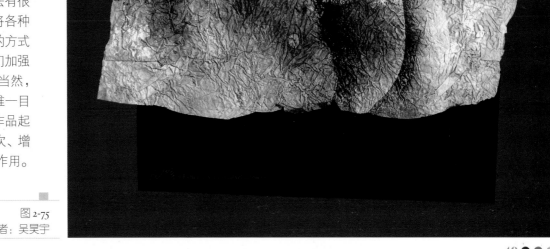

图 2-75

作者：吴昊宇

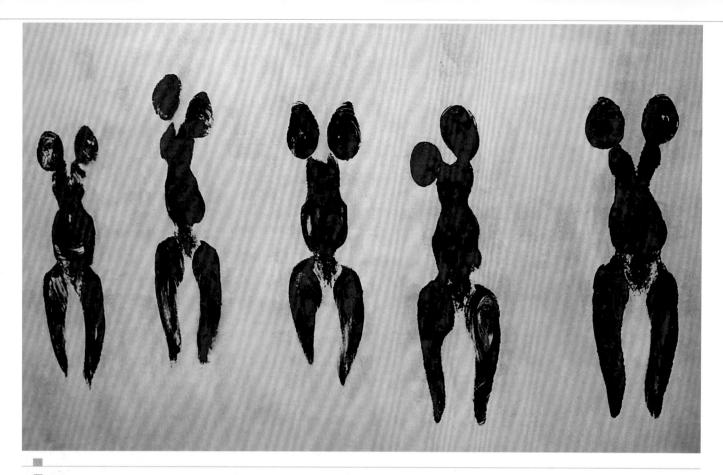

图 2-76

图 2-77

第三章 艺术设计中装饰元素的运用

第一节　装饰与环境艺术

　　环境艺术是一种空间艺术，它不仅体现了自然环境、建筑环境，也体现了人文环境、社会环境、心理环境等。它主要表现有室内装饰、园林、装饰画、雕塑、建筑、陶艺等。

一、室内设计中装饰元素的运用

　　室内的装饰主要是地面、顶面、墙面以及各种隔面。如图3-1，其室内装饰风格受到了东方艺术和古典艺术的双重影响，墙壁是蓝色的丝布，上面用白色和金色的线绣出繁茂的花朵，床罩和帏帘重复了同样的主题，清新而雅致。又如图3-2弗兰克·赖特的蜀葵住宅，在外墙、廊柱、内墙以及椅子上都采用了蜀葵图案，以一系列紧密有序、大小不一的几何方形组成抽象蜀葵图案，显示装饰艺术运动的简明装饰倾向。天花板上4个指向中心的巨大菱形使室内显得更加开阔，窗户上的金属花格既美观又保证足够强度的采光。（如图3-3至图3-9）

图3-1

图3-2

图3-3

图 3-4

图 3-5

图 3-6

图 3-7

图 3-8

图 3-9

图 3-10

图 3-11

图 3-12

二、园林设计中装饰元素的运用

园林的装饰主要是改善人类生活空间的环境质量和生活质量。主要采用几何图案的形式，用正方形、圆形、矩形等以直线和曲线构成建筑与景点之间的关系。就像图3-10一样以不同植物的色彩来构成图形，以植物的成长高低来突出图案。（如图3-11至图3-13）

图 3-13

三、装饰画艺术中装饰元素的运用

装饰画主要是指具有装饰作用的绘画、版画、漆画等。如图3-14，其装饰风格受到东方色彩和非洲部落艺术的强烈影响，明显表现在对色彩、主题和图案的选择上，以东方及非洲的人物图案、抽象图案、写实风景、形式化的花卉、异国风味的鱼和鸟及奇形怪状的动物为装饰主题，令人感受到奇妙的异域风情。（如图3-15至图3-35）

图3-15

图3-16

图3-14

图3-17

图 3-18

图 3-19

图 3-20

图 3-21

图 3-22

图 3-23

图 3-30
作者：汤荣春

图 3-31

图 3-32

图 3-18

图 3-19

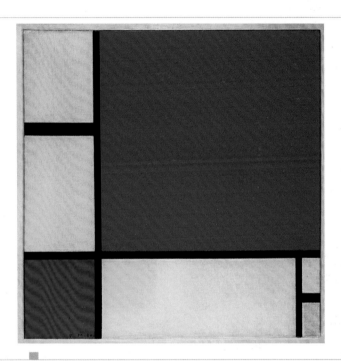

图 3-20

图 3-21

图 3-22

图 3-23

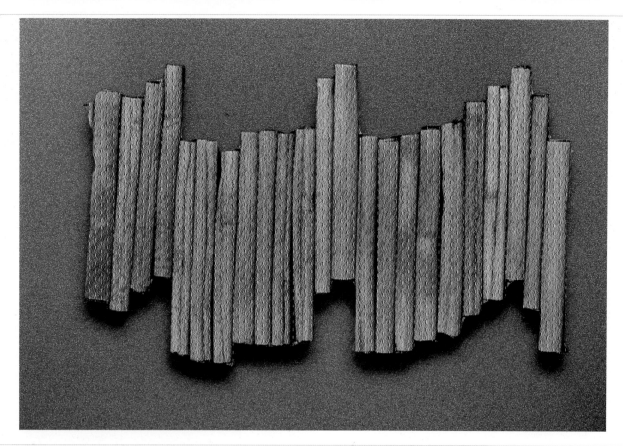

图 3-24　壁挂
作者：刘丽

图 3-25　装饰
作者：邓海莲

图 3-26　装饰
作者：邓海莲

图 3-27　装饰
作者：李哲

图 3-28　装饰
作者：林琳

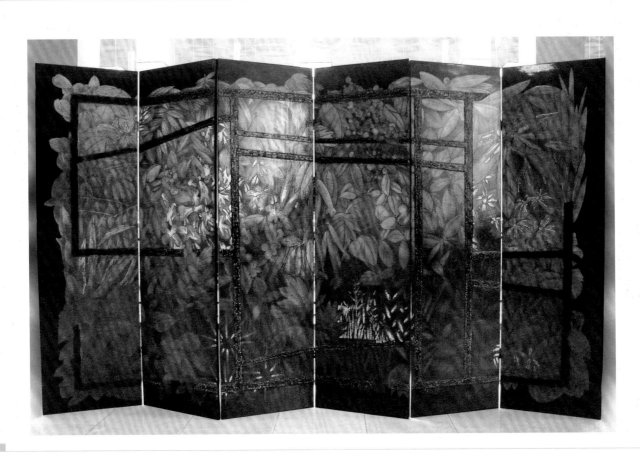

图 3-29
作者：汤荣春　黄春荔　周良　覃旻敏　黄建新等

图 3-30
作者：汤荣春

图 3-31

图 3-32

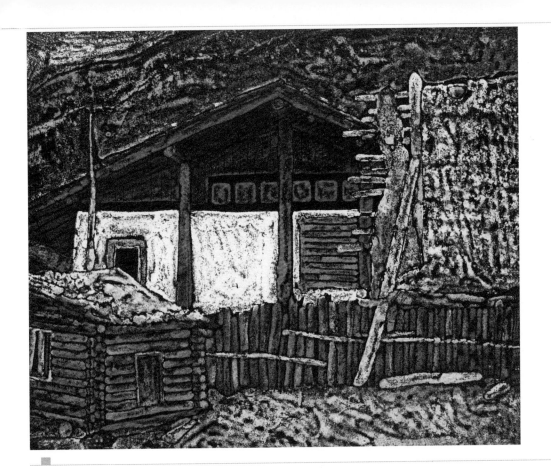

图 3-33
作者：黄娟

图 3-34
作者：钟莹

图 3-35
作者：钟莹

四、雕塑艺术中装饰元素的运用

装饰雕塑主要是研究形式美感，从形式美感中寻求精神内涵，是追求节奏韵律，用独特的体积语言塑造空间，凹凸形体的组合，从而寓意出作者的情感。其形式主要有木雕、石雕、铜雕等。如图3-36中女孩群像的衣饰部分，不仅极其生动、极具质感，而且表面经由特殊处理产生珠宝般的光泽，将装饰艺术奢华的风格尽显出来。（如图3-37至图3-54）

图3-36

图3-37

图 3-38
作者：谭佳莹

图 3-39
作者：黄春荔

图 3-40
作者：廖云

图 3-41
作者：李田

图 3-42
作者：朱崇壹

图 3-43

图 3-45

图 3-44
作者：吴卓斌

图 3-46
作者：吴卓斌

图 3-47
作者：韦拉

图 3-49

图 3-48

图 3-50

图 3-51

图 3-52

图 3-53

图 3-54

五、建筑设计中装饰元素的运用

　　建筑的审美符号是装饰，装饰和建筑是相互依存的整体。建筑承载着装饰，装饰美化着建筑。建筑又是实用和审美、物质与精神需要的统一。如图3-55中克莱斯勒大厦是装饰艺术风格在摩天大楼的完美体现，是传统与现代的和谐统一，传统的哥特式尖塔和怪兽般的装饰经处理后焕发着现代的气息。该建筑装饰大量使用重复、对比手法，间或点缀着一些简单而富有象征意味的几何图形。（如图3-56至图3-62）

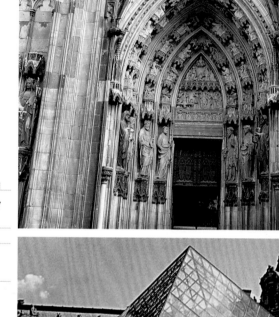

图3-57

图3-55

图3-58

图3-56

图3-59

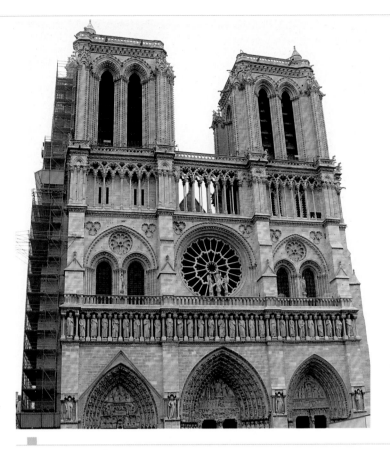

图 3-60

图 3-61

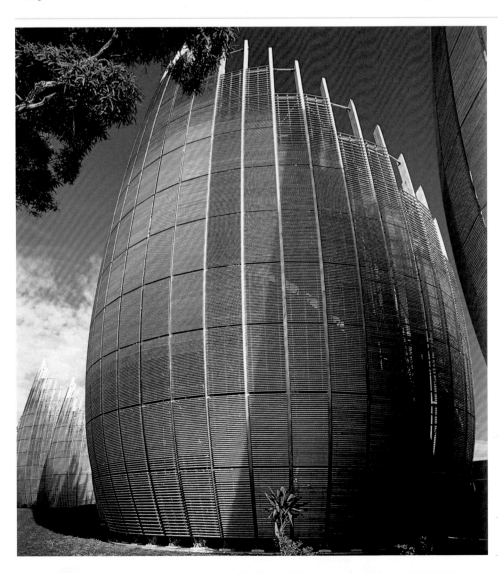

图 3-62

六、陶艺设计中装饰元素的运用

　　陶艺是火的艺术、土的艺术，是一种文化。如图3-63中绿色的花瓶上装饰着银色的人体绘画，色调的搭配清新而醒目；随意点缀的银色花朵使装饰效果更显灵活、生动，而健硕的女子人体则是装饰艺术风格最直接的流露。（如图3-64至图3-71）

图3-63

图3-64　《熏风习习》
作者：张小兰

图3-65　《生命·隔离·重生》　作者：张小兰
获"第二届全国陶瓷艺术展览"铜奖　材质：高温釉下五彩铜官陶

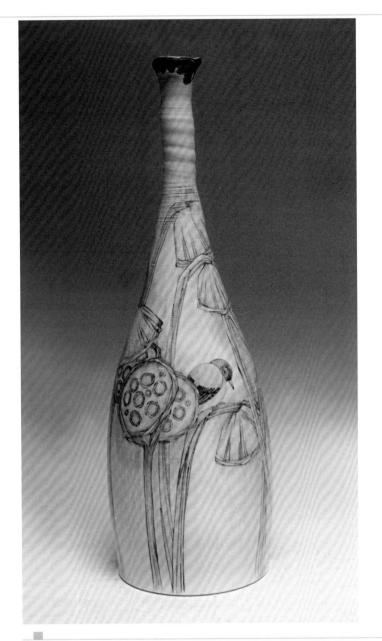

图3-66 《相依秋光》
作者：张小兰

图3-67 《芦雁清风》
作者：张玉山

图3-68 《恋》
作者：张玉山

图3-69 《都市 日记系列》
作者：张玉山

图3-70 《乡间往事》
作者：张玉山

图3-71 《都市日记——途》
作者：张玉山

第二节 装饰与服饰艺术

在人与人的交往中，得体的服饰总能给人以美好的第一印象。服饰对于体现穿者的文化素养、审美风格起着不可忽视的作用。服饰设计离不开装饰元素的应用，每个时期的服饰都有较统一的装饰风格，尤其是民族服饰更是将装饰元素发挥得淋漓尽致。

一、服装艺术中装饰元素的运用

从人类诞生之日起就开始有了服装。服装原本的作用是御寒保暖，而后随着人类的不断发展，服装被赋予了更深层次的装饰作用，从服装风格的演变可以看出人

类各个阶段文明的发展进程。民族服装都有着强烈的本民族及地域特点，体现不同文化背景下人们对美的理解，因而往往将本民族的图腾崇拜、原始文字及日常所见的花鸟图案等具有地域性特点的装饰元素运用在本民族的服装设计上。图3-72至图3-75都是传统民族服装，从这些服装发展演变的角度看，都经历了从最初御寒的基本功能到现在以装饰为主的发展阶段，因此在现代，一般只在节庆等活动中才会将全套服装穿齐；从色彩方面看，多采用大红、宝蓝、翠绿、明黄等高纯度的色彩，图案大多是花鸟图案，但每种民族服装之间在用料、装饰图案、色彩搭配等方面又有明显的区别，这是由每个民族自身的地域和文化特点所决定的。

现代服装则有着深深的时代烙印，彰显个性、突出品位、表达美的感受成为设计师要解决的重要任务之一。设计师往往从传统服装中汲取灵感，将繁复多变的

图3-72

各民族风格融会贯通，演绎出流行时尚。现代装饰元素则显得较为简洁大方，在现代服装设计中最为多见，体现着新时代的简约风格。图3-76的服装装饰的重点在图案上，图案采用花草纹样，透出一股清新的自然之风。图3-77的服装带有浓郁的未来主义风格，颜色选用最经典的黑白色，强化了细节的处理，大量使用金属环扣及金属拉链作装饰，符合时下流行的中性装扮，呈现出繁复的简约美。图3-78属于表演服装，它反映的是一种服装发展的趋势，从其使用的布料和装饰图案来看，其设计灵感来源于中国的传统服饰文化。图3-79的服装最吸引人的是它的色彩，作者大胆将对比色和中差色进行协调，色彩鲜明而不俗。

图3-73

图3-74

图 3-75

图 3-76

图 3-77

图 3-78

二、配饰艺术中装饰元素的运用

　　配饰本身就是一种装饰，用于补充服装、点缀人体局部，使服装更多丰富变化、佩戴者更显品位。民族配饰的造型、图案、色彩均带有浓郁的民族风情，很多仍为手工制作，极具朴拙之美。图3-80至图3-83是传统民族配饰，其图案是与本民族服装的图案协调一致的。

　　现代配饰中有很大一部分是汲取传统配饰美的元素并加以概括、提炼而得到的。将现代与传统完美地结合，是设计师孜孜不倦的追求目标之一。还有相当一部分的配饰设计具有追求自由化、多元化、个性化，以及追求新奇的特点，无论是造型、图案、色彩还是材质、工艺的运用都体现着后现代主义的时代特征。图3-82用多层的金属链和皮带链作装饰，烦琐中透着极简主义的影子。图3-84硕大的金属花状挂坠，色彩艳丽，造型独特，预示着首饰设计发展的一个方向。图3-85首饰的造型灵感来自皇冠，放射状的金属丝及星星造型，使得整体设计时尚又高雅。图3-86将宝石的透亮质感与皮革的粗犷质感很好地融合于一件作品中，设计颇具时尚感。图3-87虽然是现代配饰，但其设计灵感明显来自中国的传统配饰，中国结及吉祥纹样被用于这组配饰的设计。

图3-79

图3-80

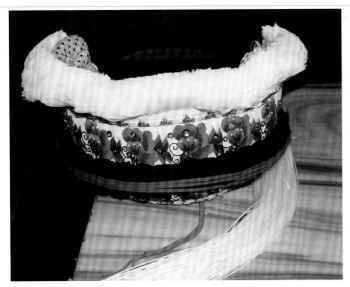

图 3-81

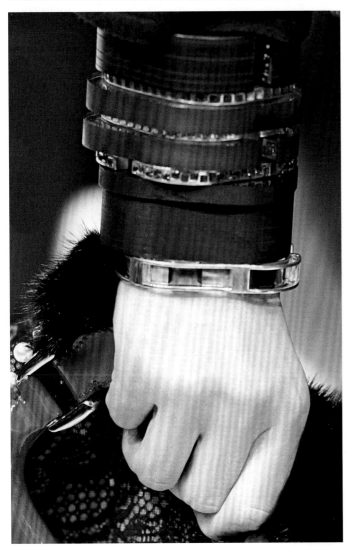

图 3-82

图 3-83

图 3-84

図 3-85

図 3-86

図 3-87

第三节　装饰与平面艺术

平面艺术主要是视觉传达的艺术。主要体现在广告、包装、书籍装帧、标志、展示等方面。

一、广告设计中装饰元素的运用

广告是围绕市场目标和宣传目的而设计的,主要表现为海报等。如图3-88,这是1925年巴黎装饰艺术与现代工业国际博览会的宣传画,其充满了装饰意味,与博览会展示装饰艺术风格的主旨非常贴切。(如图3-89至图3-101)

图3-88

图3-89

图3-90

图3-91

图3-92

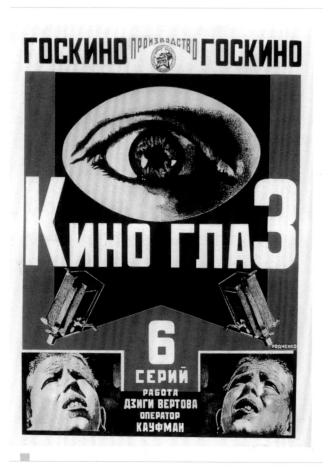

图3-93

图3-94

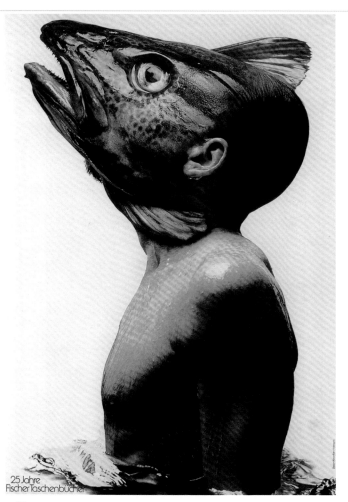

图3-95

图3-96

图3-97

图 3-98

图 3-99

图 3-100

图 3-101

作者：巩姝姗

二、包装设计中装饰元素的运用

包装的装饰主要表现在包装的图形、图案、文字的装饰性处理和形式结构等方面。如图3-102是系列产品，采用了共用的设计元素，不同的色彩和文字，构成一个组合产品，这种产品在现代的超市中是很具视觉冲击力的。（如图3-103至图3-108）

图3-102 康富来包装
作者：李红国

图3-103

图3-104

图3-105

图 3-106

图 3-107

图 3-108

三、装帧设计中装饰元素的运用

书籍装帧是根据书稿的内容、读者对象和出版规划等因素进行装饰设计。如图3-109是通过对发散自同一圆心的起伏线条的运用，营造出一种宛如光线变幻的视觉上的三维效果，如引入镍、钢、黄金、铂金等装饰元素。（如图3-110至图3-117）

图3-109

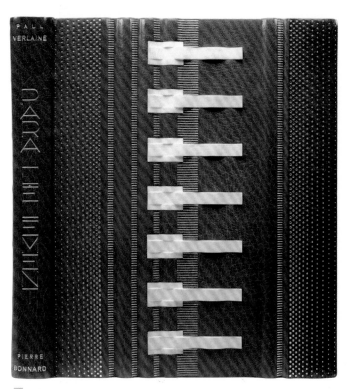

图3-110

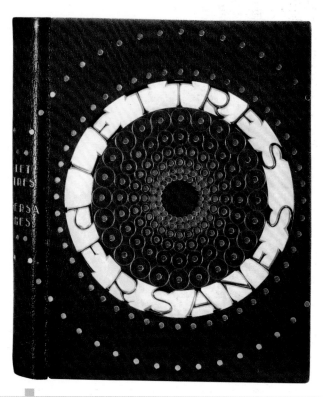

图3-111

图 3-112

图 3-113

图 3-114

图 3-115

图 3-116

图 3-117

四、标志设计中装饰元素的运用

　　标志是企业和社会团体的视觉象征符号，并反映其特征、主张、精神。标志逐渐趋向世界通用的艺术语言，为人类审美共性的体现。标志由烦琐、复杂逐渐变为单纯、简洁、明快，由沉重逐渐变为灵巧、优美、舒展和挺拔，大量简洁的几何图形被广泛运用。如美国的可口可乐标志，采用英文的变形而来，简洁而又形象。（如图 3-118 至图 3-130）

图 3-121

图 3-118

图 3-122

图 3-119

图 3-123

图 3-120

图 3-124

图 3-125

图 3-128

图 3-126

图 3-129

图 3-127

图 3-130

五、展示设计中装饰元素的运用

展示是以展览为主题而进行的有计划、有目的的三维装饰设计。如图3-131是以酒为实物的橱窗展示，酒瓶和包装外盒错落有致，柔和的灯光，后面是大大的宣传广告，那诱人的不同色彩的酒杯，使人犹如已闻到了酒的醇香。（如图3-132至图3-137）

图3-131

图3-132

图3-133

图 3-134

图 3-135

图 3-136

图 3-137

第四节　装饰与产品设计

广义的产品设计是一项工程巨大的活动，与产品的市场调查、开发、销售、服务等系列活动有着密切的关系。造型及功能的设计仅仅是其中的一个环节，其设计必须满足市场营销的需要，并且始终本着以人为本的原则来进行，即好的产品应该从人性化的角度来考虑，其造型、功能等必须满足人们生活服务及精神享受两方面的要求。在狭义的产品设计概念里，实现功能是其首要目标，而对产品的装饰设计随着时代的不断发展、新产品的推陈出新而更显重要。产品的设计要适合于它的目的性，适合于所用的材料，适合于生产工艺，形式要服从于功能，产品要易于心理上的理解和生理上的使用，产品要最大限度地利用宝贵的劳动力和原材料资源，在设计中提倡自由创造，反对因袭模仿、墨守成规，要求商业成功与设计的艺术价值并重。产品设计中的装饰运用一般体现在产品造型、色彩、材质等方面。

图 3-138 是一款概念车设计，其设计灵感源自蜗牛。众所周知，蜗牛是软体动物，其外壳对身体的保护起着非常重要的作用，并且实现了以轻薄的材料获取最大的安全度的目的。该款概念车正是利用了蜗牛外壳螺旋状的造型特点，在受到外力的冲击时能将外力最大限度地减弱，以保护车内人的安全。另外在制作时能够节约材料，减少成本。除了从人性化的角度考虑功能性之外，该款概念车的造型新颖独特，色彩的运用也十分简约，符合未来交通工具发展的趋势。

图 3-139 是一款"白板"钟，其巧妙地将白板与时钟的概念结合起来，对于办公族的人来说是很有用途的，既可以在该产品上公布一些办公信息，同时也强化人们办事的时间概念，真是一举两得的优秀设计。

图 3-140 是一款概念多功能感官遥控器，其外形酷似腕表，并有USB接口，佩戴在手上通过感官红外遥控连接好的电器。我们常常有关于未来生活的想象，就是用意念来控制人以外的电子产品，该款遥控器正是基于这样的理念来进行设计的。

图 3-141 是一组餐具设计，桶型的外形既简洁大方又较为实用，勺和叉的设计也遵循着极简主义的风格，试图追求"无装饰的装饰"效果。

图 3-142 所展示的是一款灯具。这款灯具对功能并没有过多的诉求，而是从其外形的装饰入手，其造型与现在流行的简约设计理念相当吻合。

图 3-143 是一款概念椅，其设计完全不从实用的角度来进行，而仅仅是追求一种概念的体现，装饰意味非常浓郁。

图 3-144 是一款多功能水壶，除了烧水、存水的基本功能外，还具备红外感应出水及喷雾的功能，也可以运用于美容领域，时尚的造型及其多方面的功能是其主要卖点。

图 3-145 的柜子明显受波普设计风格的影响，色彩和图案都体现着波普大众化的、明艳的设计风格。

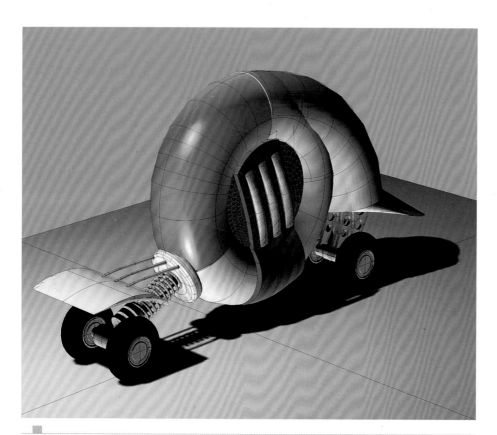

图 3-138
作者：林琳

图 3-139

图 3-140
作者：林琳

图 3-141

图 3-142
作者：马琳

图 3-143

图 3-144

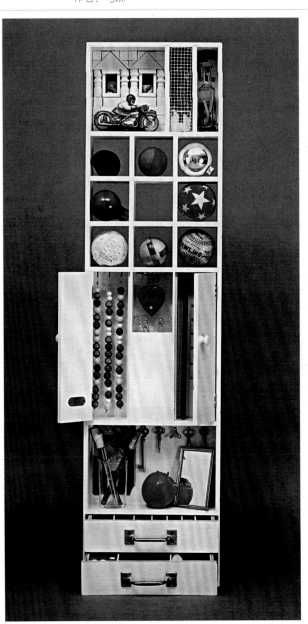

图 3-145

第四章 装饰元素概念延续

现代科学史大致经历了四个阶段：透视学是第一个阶段的标志；天文镜和显微镜的诞生是第二个阶段的标志；照相术的发明标志了第三个阶段，而电脑的诞生标志着第四个阶段。在这每一个阶段中，艺术运动与科学上的革命如果不是相继产生就是并行发生：开普勒的行星运动定律与巴洛克艺术的椭圆结构；牛顿的物理光学实验与荷兰内景画的光线处理；量子论与修拉的点彩技法；相对论与塞尚的空间观念；电脑时代的视觉媒体更不必多提了，可以说是一个图像的时代。

时代在前进，生活在发展，生活追求个性化的发展，对装饰就提出了越来越多的要求，装饰既要有发展中的民族性，又要有时代特色。科学的进步，新材料、新技术的出现，更为装饰创作开拓了新的领域。

现代装饰具有多风格、多材料、多功能的特点，很难用一个装饰的概念概括它的面貌（如图4-1至图4-4）。如现在设计的不少的概念化的汽车、飞机、城市雕塑等。

不管哪类装饰，也不管用什么材料，它都直接受现代美术与现代设计的理论与风格的影响。现代装饰元素是现代艺术的一个侧面反映。（如图4-5至图4-10）

图4-1

图 4-2

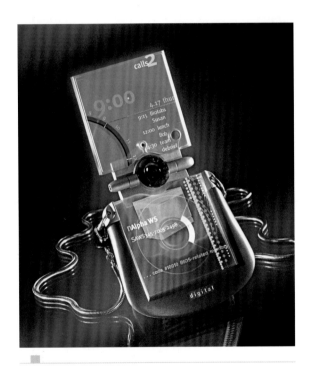

图 4-3

图 4-4

图 4-5

图 4-6

图 4-7

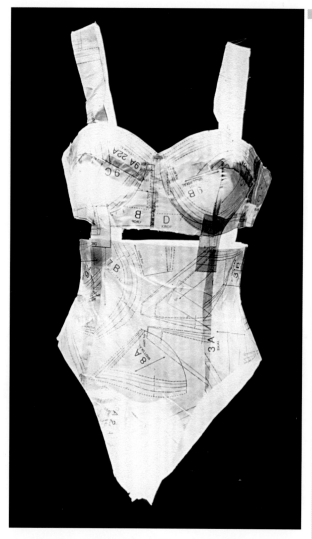

图 4-9

图 4-8
作者：陈新海

图 4-10

参考文献

1. 中央美术学院美术史系中国美术教研室编著. 中国美术简史. 北京：高等教育出版社，1990

2. 回顾编著. 世界装饰图案全集. 沈阳：辽宁美术出版社，1999

3. 郑军编著. 中国装饰艺术. 北京：高等教育出版社，2001

4. 王受之编著. 世界现代设计史. 北京：中国青年出版社，2002

5. 苏珊·伍德福特，安尼·谢弗克兰德尔，罗莎·玛丽亚·莱茨著. 剑桥艺术史1. 北京：中国青年出版社，1994

6. 马德琳·梅因斯通，罗兰·梅因斯通，斯蒂芬·琼斯著. 剑桥艺术史2. 北京：中国青年出版社，1994

7. 唐纳德·雷诺兹，罗斯玛丽·兰伯特，苏珊·伍德福特著. 剑桥艺术史3. 北京：中国青年出版社，1994

图书在版编目（CIP）数据

装饰／陆红阳，喻湘龙主编 . —南宁：广西美术出
版社，2005.2
（现代设计元素）
ISBN 7-80674-931-4

Ⅰ.装…　Ⅱ.①陆…②喻…　Ⅲ.装饰美术—造型设
计　Ⅳ.J525

中国版本图书馆CIP数据核字（2005）第010714号

现代设计元素·装饰设计

艺术顾问／柒万里　黄文宪　汤晓山
主　　编／喻湘龙　陆红阳
编　　委／汤晓山　喻湘龙　陆红阳　黄卢健　黄江鸣　江　波　袁晓蓉　李绍渊　尹　红
　　　　　李梦红　汪　玲　熊燕飞　陈建勋　游　力　周　洁　全　泉　邓海莲　张　静
　　　　　梁玥亮　叶颜妮
本册著者／邓海莲　张　静
出 版 人／伍先华
终　　审／黄宗湖
图书策划／苏　旅　姚震西　杨　诚　钟艺兵
责任美编／陈先卓
责任文编／符　蓉
装帧设计／八　人
责任校对／罗　茵　黄　艳　尚永红
审　　读／陈宇虹
出　　版／广西美术出版社
地　　址／南宁市望园路9号
邮　　编／530022
发　　行／全国新华书店
制　　版／广西雅昌彩色印刷有限公司
印　　刷／深圳雅昌彩色印刷有限公司
版　　次／2006年9月第1版
印　　次／2006年9月第1次印刷
开　　本／889mm×1194mm 1/16
印　　张／6
书　　号／ISBN 7-80674-931-4/J·620
定　　价／36.00元